在路上遇见你

流 浪 的 喵 星 人

猫夫人 wroks 著

测绘出版社
SURVEYING AND MAPPING PRESS

自序

写完了这本《猫在江湖》，我的宝贝花花也功德圆满地走完了它的一生，遗憾的是这本书没有它可爱的身影以及它过去生活的点点滴滴，可见这是多么突如其来，让人措手不及。我想：“人生有的时候不也是如此吗？”

拍了近十年的街猫，从单纯的影像纪录到实际救援协助，这期间的转变和心路历程只有自己能够体会。由于每个人的生活理念不同，好像自己是混迹江湖的人，有时刀光剑影，有时杯弓蛇影。于是，我想象自己是只猫，学习乐观、知命乐天。这样，幸福才会离我越来越近。

这本书献给我亲爱的花花，愿它的善良能够继续温暖天上的每一位小天使。

猫夫人

目录
CONTENTS

Chapter 1

与猫交手的那些事

067-BG

我不是在流浪，我正在自由中

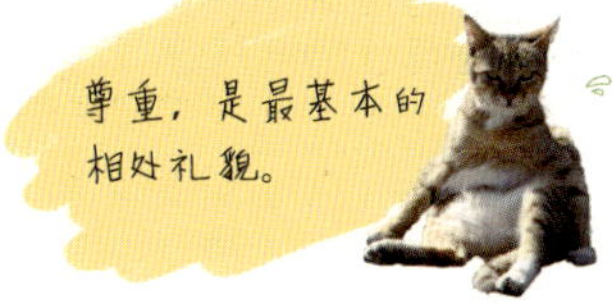

这世界上根本没有所谓的“流浪猫”。“流浪”这个形容词，不过是我们人类硬给它们冠上的称号，它们原本就是在大自然中自由自在地生活着。

熊猫不易繁殖，人类却要拼命地让它们生育；街猫街狗数量一多，人类就要强制性地掌控它们的数量。是我们人类太自以为是了吗？科技发达，看似可以掌控整个生态，想要看熊猫，就让它多多繁殖；控制街猫街狗的数量，是为了让整个居住环境更好？殊不知，人类只不过是整个生态环境中的一根链条。

如果人类不过度对环境进行开发，熊猫就不会成为保护动物；如果我们不弃养也不会让街猫街狗数量暴多。试着不去主宰它们的生命、不去改变大自然的定律，与所有动物和平共处不是很好吗？

所有动物都有它们的生存价值。猫，可以抓老鼠，解决鼠患；狗，可以被驯化，训练成工作犬。如此一来，就不用花费庞大的社会资源来改变猫狗的生育能力，也不用因为害怕动物被捕捉，而想要把所有的动物都救援回家。

大自然就是它们的家，只要把生命教育的工作做好，彼此尊重，且和平共处，这世界上就不再有动物会去流浪。

高超的骗局

你曾陷入过怎样的骗局呢？还是自己设计骗局让人深陷其中？政治骗局、赌博骗局、信仰骗局、爱情骗局……只要设局的技巧高超一些，就会让被设局的人心甘情愿，即使再次受骗，也会无条件地做出牺牲与奉献。

其实，所有的动物都懂得“骗”，这就像是与生俱来的能力。例如，枯叶蝶的保护色、河豚用膨胀的身体来吓退敌人、蜥蜴断尾求生，所有的骗局犹如一场生存游戏，不管用哪种战术，目的只有一个——生存。

在现实生活中，我曾骗了我家的猫。当它还小的时候，我告诉它这世界充满了趣味，它一定要平平安安地长大。我为了它，买了会动的假老鼠、会飞的塑胶蜻蜓、各式各样的逗猫棒，激起它猫科动物的本能，还有许许多多的时尚衣服呢（这根本就是为了满足主人的私欲啊）。长大后，它发现每天吃一样的干饲料、那陈年追不坏的假老鼠，以及沾满口水又乏味的逗猫棒，当然还有那些愚蠢得塞不下的跑龙套配件，这根本就是闷爆的猫生活啊。

不过，这场骗局它和我都还乐于陷入其中，至少它没抱怨，我也心甘情愿。

要设骗局，请精心策划，要骗得让别人开心，也让自己开心。

说话的最高艺术

女人很爱听甜言蜜语，但男人通常不太会说；男人若很会说甜言蜜语，女人通常就不太会信。因此，说话绝对是门艺术。

不会说话的猫，这时却占了上风——它想撒娇时，磨蹭你一下、喵喵叫两声、在地上滚三下，你会当场跪地喊它“宝贝”。它犯下滔天大错，罪名是“打破咖啡杯、抓坏名贵沙发、抓烂一团卫生纸”，但它若无其事地坐在海绵外露的沙发上舔毛，或躺在满地的卫生纸上四脚朝天地睡觉。

这时的主人，只会默默地收拾残局，还不敢惊动罪犯，蹑手蹑脚地把犯案现场整理好。猫咪什么都不用说，只要捎来一个眼神、装一下无辜，就足以堪称是万人迷中的表率。

说话是门艺术，但不说话更是神回复。

说话的最高艺术，就是——嘘，不说话。

什么才是完美答案

很多女生喜欢打破砂锅问到底：“你昨天去哪儿了？”“你为什么这么晚才回来？”“你到底爱不爱我？”“你为什么不老实跟我说？”其实，答案不是在对方的口中，你自己心里早已有了标准答案。争吵往往是因过度关心而开始。

当镜头再度转到猫，它才不管你明天还会不会来喂它，它饱食之后舔舔爪子，也不会问：“你明天几时会来？”“你会带上多少饲料？”“你可以跟我玩到几点？”但，人们总是会“自作多情”地关心它，心里会冒出“它一定很爱吃我准备的食物！”“它应该很想跟我回家！”“其实，它根本吃不饱！”这样或那样的想法，让自己处在一个既不安又矛盾的状态。

而那只吃饱的猫，只不过是单纯地满足，它什么都不想，也不说话。你只要让它满足，而不是要讨一个答案。

原来我们缺的是“猫”

我们的社会——不缺批评的人，不缺悲伤的新闻，不缺仇恨的情绪。

正如猫儿不缺那一对会飞的翅膀，仿佛驾驭着自由的风呼啸而过，

时而慢步优雅地自在走过。

轻易带走我们被捆绑已久的枷锁，带来点滴的幸福味道。

我们累积许久的悲伤眼泪，因为它们，早在天亮前化为一颗颗的星星，串联成千年后的传说。

其实我们没有问题

看着街边的猫儿吃完一碗饲料，自己想要趁机摸摸它们，但就像摸小孩子的头一样，有的闪躲、有的扑掌、有的体贴地配合，并不因我是喂食的人，互动就会非常顺利。看着它们吃完，收拾完毕后，我就回到车上发动引擎离开，猫儿在窗户旁三三两两成群地站着，有的舔毛、有的安静地离开，冷淡得好像我从未出现过。

人与猫之间的情感，老实说，我不知道该如何维系，虽然每个人总是会说出自己与猫的一套相处之道，但也要看猫想不想跟你打交道啊！不论家猫、街猫都是如此。身边的猫是从小养到大的那就另当别论了；若是与街猫相处，会相当辛苦。虽然我不曾伤害它，却因为过去的阴影，无法逾越那道心里的城墙。虽然我们之间没有问题，但它会在我刻意讨好它时拒绝我，不对我撒娇、一直对我闪躲，就像是在跟我说：“我们之间是没有结果的。”于是，我轻轻松开那条纠缠的线，不让自己埋怨，也让它更有尊严。爱要怎样说、怎样做才能被接受，答案只在每个人的心里面。

最高境界

前阵子在电视上看到一群狗跟着主人到海边冲浪，主人把狗宝贝们精心打扮成各种各样的造型——戴大波浪的金发、鲜艳色系的蓬蓬裙、性感比基尼泳装等。然后每只狗儿如乘风破浪般站在浪板上毫不畏惧地追浪，这个画面赢得许多人的掌声，获得了许多关注。

我低头看着陪我看电视的猫，我们四眼对看，心中想的是一样的——“这种事绝对不会在我们身上发生”。第一，猫对于空旷的空间会有不安全感；第二，猫不喜欢蒙眬的眼睛被洒上海水；第三，猫应该不会想要像狗一样去做这么愚蠢的事……

猫看事情的高度远在我们人类之上，因此，不要替它们规划未来的目标，也不要多情地为它们做出牺牲和奉献。因为它们只想单纯地吃饱睡好。活着，不就是最高的境界吗？

不凋謝的花
一支
35
35
35

都是主人不好

或许这一切都是我自己造成的吧。我从不强求别人跟我一样疯狂地爱猫，因为当个疯子是很辛苦的。

米果打破了柜子上珍藏着的价格昂贵的捷克杯子，而我默默地拿起扫把，把玻璃碎片扫尽，收拾完毕后继续玩电脑，当作什么事都没有发生。

米香喜欢任何有毛毛的东西，化妆包里新买的粉饼扑被它叼走后，找到时沾满了它的口水；女儿在家政课上做的羊毛毡牛头，才刚新鲜出炉，头却不见了、尾巴也断了一半，她没有骂米香，而我却骂她为何没收好。

我们的包容是因为知道它们是无知的、不小心的，若我们因此而咆哮、暴怒，它们会大睁着一双无辜的眼睛看着，仿佛告诉你：“请对自己无理取闹的情绪，自赏两巴掌吧！”

于是，只好默默地处理掉负面情绪，才能保持和它们一样优雅、高尚的气度。

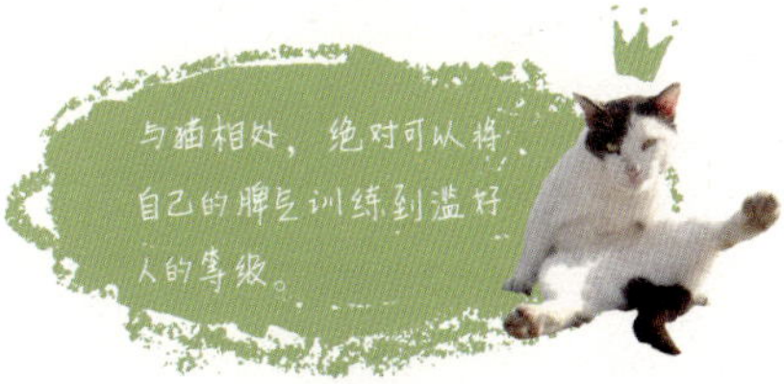

隐形的占有欲

猫咪很懂得适度地隐藏对主人的占有欲，霸占不到主人的全部，就会采取“若即若离”的攻势。

在主人的身上磨过一回、两回、三回，然后潇洒地走开。

即使没有销魂的温存，也让主人在外出工作时，衣服上全都沾满了它们挥也挥不去的印记。

提醒你，你是它的！

信我者得永乐，爱我者得重生

在这属于我们喵星人的国度中，人类不准隐藏任何秘密，包括情绪上的喜怒哀乐，还有你身上所能奉献的食物。放下你的矜持，卸下你的伪装。你要学着勇敢去爱，或是拿出真心去对待。不用担心被背叛，也不用害怕被遗忘。在我们身上，你将会看到最真实的你。因为信我者得永乐，爱我者得重生。

猫之所以聪明，

又让人爱到无法自拔，

是因为它们从不会要我们为它们改变什么，

只因—— 你就是你，它还是它。

哈，我是多情哥红鼻

或许是长期与猫混在一起，“自己”也不知不觉地变成了一只猫。今天有只公猫红鼻突然对我喷尿，它可是众多猫中的“猫王”，头大鼻头也大，是猫界“男人中的男人”，感觉被它“翻牌”了，我有点儿措手不及。

我认识它也快两年了，一直被它忽视。没想到，今日的它用大头在我脚边蹭呀蹭的，然后就抖动着下半身开始对我喷尿，脸上的表情很严肃，一副“你是我的人”的表情。这时，它又走向蹲在旁边的嘉燕，狠狠地在她的手掌上咬了一口，莫名的示威让我们着实吓了一跳，难道是没被尿喷中的人，也得咬上一口做印记？红鼻啊红鼻，你真是个狠角色！

我仔细地想一想，与人相处不也是如此吗？长时间的相处，习惯对方的气味，便顺理成章地结为好友。可惜，人总是会因为一些小摩擦、误会，而起争执。曾经的莫逆之交也会突然翻脸不认人；曾经说要海枯石烂的人，也可以转眼成为陌生人。只是那种痛，不容易找到伤口，没有消炎药，也无法愈合。于是，在心中留下了伤疤，等时间将它慢慢地褪去。

我跟红鼻说：“你别再喷尿了。我的衣服和裤子都是你的味道了，我的人都是你的了！但没过一会儿，就看到它又在石头上喷尿做记号了。红鼻，你未免也太多情了吧？

充满“意外”的白沙屯半日游

近来迷上了下地种菜，因为自己是新手，看着这些菜苗、果树永远都有问不完的问题。幸好，网络上拥有各界奇才，只要在 Facebook 社交网的论坛中贴出奇怪植物或昆虫的照片，总会有热心人士帮忙解答，突然觉得 Facebook 社交网是这个时代的美好发明。

在菜圃忙上一阵后抬头休息片刻，发现离夕阳西下还有三个小时，便临时决定冲到海边的渔村去拍猫。自从我的身份变成“妈妈”后，早已学会如何利用支离破碎的时间了，有时看着自己利用零星时间安排行程，心中有种说不出的爽劲儿，感觉自己是这个时空的主宰者，哈，哈，哈（不好意思，过于开心了）。

我选择去最熟悉的外埔渔港，那是一个既宁静又纯朴的地方。在开车途中经过一个名为白沙屯的小镇，突然想起电视上播放的妈祖相关活动，好像就在这个小镇，于是方向盘一转便去瞧瞧。意外发现好安静啊，仿佛没有庙会活动的气息。街上有一间挂着“四十年老店”招牌的牛肉面店，爱吃牛肉面的我便向村民打听是否好吃，对方回答：“很好吃的！不过，所有人都跟着妈祖出巡了，要到下星期才会回来。”难怪，整个村子都静悄悄的。

不远处，看见摩托车上有只虎斑猫惬意地躺着，顿时，将我的馋虫赶走了。旁边有位阿嬷正在晾衣服，

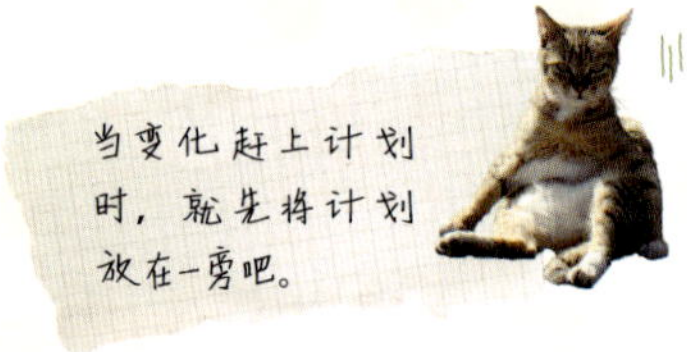

我先对阿嬷示意说并不是在拍她，但也激起了阿嬷的好奇心，她说：“你怎么会想要拍猫？”每当我拿起相机拍猫时，总会有人问我这个问题，但那种喜欢拍猫的行为，有时回答了，对方还是会觉得很纳闷儿。于是，我对阿嬷说：“其实，我是来拍妈祖的……”阿嬷仿佛找到了话题，继续说：“妈祖不在啦，我带你去拍白沙屯的特产！”

跟着阿嬷的步伐来到一座三合院，就听到她用洪亮的声音对着门内大喊：“秀枝、秀枝，有人来看你编草席了！”一进门，我就看到大厅里有张编织到一半的草席，味道香得很特殊，让我想把它泡茶喝了；又像猫咪闻到木天蓼一样，想要在它上面滚来滚去。这时，阿嬷叫我赶快拍，她说这手艺已快失传了，只因这份编织草席的工作太辛苦——在编织的过程中是不能开冷气的，以防蔺草变得易碎，为了保护它的延展性，必须满头大汗地编。因此，年轻人都不愿意传承这门手艺了。

原本我对猫以外的事物都不太感兴趣，但听着阿嬷与秀枝姨讲诉蔺草的故事，简直太迷人了，我竟然像是吸了大麻般，对它产生了浓厚的兴趣。与她们聊了许久，但内心还是忍不住想要拍猫的冲动，便问了阿嬷这里什么地方有猫，并表明除了拍妈祖之外，

还想拍猫。结果，阿嬷说："哦，你怎么不早说，这附近有很多猫呢。"（我不是不想说啊……）阿嬷与秀枝姨就很开心地为我准备了食物，帮我引诱街上的猫好让我拍照。我想，读者应该都知道我对猫吃东西的画面不感兴趣，但看到阿嬷热情帮忙，怎么能不拍呢？只是，猫是超聪明的，一不喂食便帅气地走出了我的镜头。

原先预定的外埔渔港拍猫计划，也因为没时间而取消了，却拍了不少猫儿吃东西时津津有味的画面，以及几张妈祖充气玩偶的照片，还买了一张蔺草草席回去孝敬公公婆婆。

有时，变化赶不上计划，虽然没有照着计划进行，却也多了"意外"收获所带来的美好。

Chapter 2
跟着猫学做人

多一些尊重，爱才能长久

拍照是简单的事情，选出自己最热爱的主题、找到自己的特色，当然还要勤劳地捕捉任何一个画面，时间一久，自然就可以拍出自己喜欢的作品来，甚至还会将自己内心的情感感染给观看照片的人。

我最爱用猫咪的照片带给人欢乐了，希望大家都能看到猫可爱的一面。当然，我也不会妄想用这些照片就能让全世界的人都成为猫奴，毕竟任何人都是无法改变别人的，即便是夫妻，也要相互尊重。试想自己不爱吃的东西、不想做的事情，却被另一个人硬逼着，自己肯定会不开心，甚至还会反感，这不是两败俱伤吗？

正因为自己不是个喜欢“逼迫”的人，更不会以爱为名，强逼大家一定要喜欢猫、爱动物，好像不喜欢动物的人，就是冷血人士一样。若真的这样做，肯定会造成对立的局面，反而让那些人对猫或其他动物更加疏远。不妨试着用柔性的方法，例如，拍下可爱的猫咪照片、尽己所能照顾街猫等，这些举动都存有对猫的爱意，而这些爱意肯定可以传达给另一个人知道。

我相信每个人的心中都有爱，这是身为人的本性。但，我们都是独立的个体，生长背景不同，当然也会造就不一样的价值观以及对同一件事的不同态度。不能因此而否认这样的人就没有爱。

虽然我认为爱动物很重要，但也不能忽略对他人的尊重，千万别过分专注自己想要守护的事，这样只会让他人讨厌我们所做的一切。秉持着正向不偏颇的态度，才能让大家更爱猫一些、更爱其他动物一些。

沉默是金

每天跟小猫相处，真的很令人心情愉悦，看着它们的行为模式，简直跟小孩没两样，吃饱就睡、睡醒就玩、玩累了又继续睡；但有一点极为不同，它们不会吵闹，更不会哭。虽然无法教导它们为人处事的道理，可是看到它们健康长大，心里就很满足。这种无所求的关系，让彼此相处起来极为舒服。而且猫有一项超强的能力，不说话就能治愈人心。

反倒是我们太善于说话了，看到朋友伤心难过、犹豫不决，就想给予一些安慰和鼓励，结果因为抓不住重点或说了不适当的话语，反而让对方更为伤心、令对方讨厌，甚至产生误会。我就曾听说过一件真人真事——A 朋友看到 B 朋友交了新男友后容光焕发，为她感到高兴。A 朋友便说：“你真幸福，你的男朋友条件不错，可要好好把握啊。”结果，B 朋友却认为：“难道是我不够好？为什么要我好好把握他？”之后，A 朋友就再也没出现在 B 朋友的聚会里了。

难道，说出“沉默是金”的古人也养过猫吗？怎么这么懂这句话的含义呢？

王位

每个人的个性和特色各有不同，

只要找到适合的王位，

不一定要最好、最高，

但一定要可以尽情发挥。

即使我们的花色不一样，但我们仍能玩儿在一起，因为我们磁场相近。

包容不同，才能大同

因为每个人都是那么地不同，才让这个世界多姿多彩。可惜的是，有时看待一件事情的角度会随着众人的耳语而改变，从相异渐渐转成相同。可怕的是，已经转往了非理性的方向，怎么也拉不回来。我想人是害怕孤独的生物吧，会为了求得群体的认同，黯然放弃自我的坚持。

人与人的互动很微妙，就像猫一样，它们会去选择磁场相近、合得来的伙伴。但猫是活在无声的世界里，它们会透过自己的观察来找寻。不会有谣言、不会有旁人的耳语，只相信自己的观察，更不易破坏彼此之间好不容易建立的信任。

每个人身上的“原罪”不同，我在此所说的原罪，是遭他人忌妒的事。例如，有的人就是天生美丽、有的人就是一辈子有钱、有的人就是无忧无虑等，但这些都不该是我们仇视别人的理由。

上帝看似不公平，实则却很公平。每个人都拥有各自的珍宝，面对与自己不同的人，不该打压，更不该强硬地同化，不然，这个世界将变成一言堂，会是多么地无趣啊。

做个有魅力的人

态度越自然、不卑不亢，

那么，外在的相貌也就越迷人，魅力会因此而生。

人是如此，猫也是如此。

人和人相遇，靠的是一点儿缘分。

人和猫相处，靠的是一点儿尊重。

养了一只猫是一种幸运，

养了五只猫就变成了一种福报。

捡到猫通常是天意，弃猫一定是人为。

长发飘逸，短发俏丽；长毛高贵，短毛利落。

不管是什么样的毛发，什么样的品种，

只要有人摸、有人爱，猫就会“楚楚”动人。

当猫要勤快

宗教信仰，陪伴许多人度过痛苦与迷惘的时光，不论是外国人信耶稣，还是中国人拜妈祖。

俗话说：“做人要心存善念，绝对不要整天只想看人失败。”

每天说句好话、做好事，都能累积光明能量。

阿喵说：“做人要和善，做猫要勤快。”

作人行善道如
媽
祖
廟

Chapter 3
因为猫体会了爱

爱得自然，才会长久

当爱变成一种自然而然的愉悦，没有激情，没有滥情，更没有矫情的规章，那么，这样的爱就会升华成一种不可或缺的元素。

若是爱猫的行为如同呼吸般自然，像是与家人相处般表达关心，毫不虚伪地融入。与猫相处时，心境上的那种轻松、那种心甘情愿，怎么可能不让人接受它们、不爱它们呢？

只要有一颗体谅他人的心，就好。过度的激情只会分化、过分的滥情只会恶化彼此的关系。假如我们都在做对的事，那就更应该理性地面对，才能让爱更持久，也能让爱无尽蔓延。

一起拍照吧

到乡下拍猫经常有个有趣的现象。

每天一到下午四五点钟，各家的阿公、阿嬷们，便会准备饭菜拿着碗到门外一起吃饭。他们喜欢把吃饭的时间当作情感交流的时间，互相聊着天、也调侃着对方，正因为彼此都是相处几十年的老邻居了，那种交情透过“斗嘴鼓”式的抬杠，就连旁人也是能感受得到的。

今天下乡寻找猫的踪迹，是通过一位热心阿嬷的牵引，她熟练地驾驶着摩托车叫我跟着她，看着阿嬷骑车帅气的背影，我心生佩服——她什么车都会骑，从牛车到脚踏车，再到摩托车，这铁定是她人生的历练吧！

当阿嬷发现熟悉的大榕树下没有猫群时还对我说了抱歉，我连忙说：“这应该是天气太热，猫咪们去别的地方休息了。”但，阿嬷不肯放弃，又骑着车带领我找她的邻居，原来这个邻居家里养了两只橘猫，一只很亲人，另一只却很怕人。两位阿嬷凑在一起，就开始拉家常，聊到专程从台北来拍猫的我，再讨论到附近哪一户人家养了猫，然后，加入话题的阿公、阿嬷越来越多……我发现养橘猫的阿公端着碗从家里走出来，可是明明还未到吃饭时间，然后，阿公开始把碗里的食物丢出来，还叫我赶快拍。这时，可以看到猫咪们缓缓地聚集，阿公所准备的食物是精心为它们挑选的。

CBF-050

阿公看着猫咪们吃得津津有味非常开心。这时，阿嬷突然说："现在两只'动物'在一起你赶快拍啊！"旁边的邻居都笑成了一团，而阿公却往前跨了一步和猫站在了一起准备让我拍照。这让我拍也不是，不拍也不是。若拍了岂不是承认阿公是"畜生"了吗？不拍的话，又觉得对不起阿公、阿嬷的一番好意。最终，我还是迅速地按下了快门。

阿公、阿嬷如果没有如此深厚的感情，没有这种"斗嘴鼓"式的生活情调，是无法在一起生活这么多年的吧？我相信他们两人的感情绝对是经得起考验的。你看，男人的气度与幽默感在这种时候格外让人佩服。

不管你多么爱一个人，最终爱情都会升华成亲情，这也是一种情感的延续。

一个赞

友谊可以因为少按一个赞而决裂，爱情可能因为另一个暧昧而毁灭。

当年纪越大，就越能深深地体会到——

没有事情是永恒不变的，没有人是不会变的。

若回归到最单纯的生活，我宁愿不动感情，

专心爱你或爱自己。

马拉松

最近我开始开展一项运动——跑步。事实上我很讨厌任何会流汗又无聊的运动，因此，对我来说，明明讨厌跑步，却还要学着去接受，于是只好找一百种理由来抚平我对跑步的不喜欢。那么，为什么我执意要跑步呢？老实说，是为了参加一个可以获得猫奖牌的马拉松赛跑。对于强烈认为自己是猫族的我而言，怎么能错过任何与猫有关的活动呢？看到可爱的猫咪奖牌，立即能战胜我心中那个优雅公主的坚持。

为此还买了双慢跑鞋，但穿出去总是感觉很别扭，于是等到晚上天黑了之后，才偷偷地出门练习跑步，至少晒不到太阳、至少流汗披头散发时，还能让凉风把臭汗吹干。

我一直不愿意面对这项挑战，但却乐于期待……也许是心中存在的那份彻底成为猫奴的使命感吧！

但这也让我发现跑步这项运动未免也太“笨”了！夜晚的操场上满满都是人，这样的盛况让我惊讶万分，心想：“怎么会有这么多人来这里呢？不会在跑的人都是欧巴桑或阿公、阿嬷吧？”收拾好心情，简单地热身后，我便向前冲去。

有人说：“幻灭是成长的开始！”在我眼前呼啸而过的都是身材姣好的辣妹，紧身的运动衣让她们露出纤细的腰线，翘臀被超短裤包住晃动得不像话，我只能听见自己的喘气声（是跑不动啦！），想起自己那久久没见光的大腿及肥肚，好想追着辣妹问：“你芳龄多少？怎么那么会跑？”

到底是我年久“失修”，还是人家保养有道？女人最不能受刺激了，于是我每天充满了斗志，拼了命地跑，从刚开始跑一圈，到后来跑了整整一个小时 19 圈。一个月内，我的肾上腺素激升，努力地跑、拼命地跑，3000 米、5000 米、8000 米，每天享受全身湿透的成就感。我一圈又一圈地数着变成了一种期待，但很快运动伤害也接踵而来。自

以为身体可以负荷得了，一疏忽脚底的筋膜发炎了，医生警告我要暂停一切运动……

于是，辣妹离我愈来愈远，而猫奖牌也弃我而去了……从原先的跑步，到现在的努力恢复。休息、按摩、热敷、整骨，所有该做的程序我都乖乖照办，只想快点儿恢复，赶快站在跑道上，却也害怕一个错误的动作会再次伤害到自己。

一个月后，我再次回到了运动场上，小心翼翼地像是新手上路般踏出每一步，每踏出一步便调整一次呼吸。若是再不小心冲过头了，得不到适当的休息，就得付出更沉重的代价，爱也是如此，不是吗？

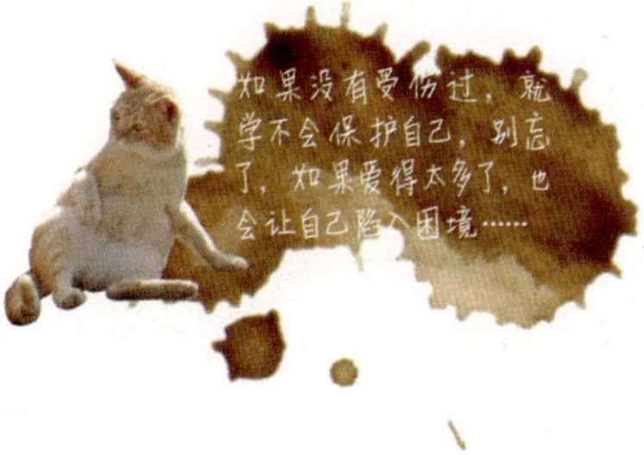

灭火器箱

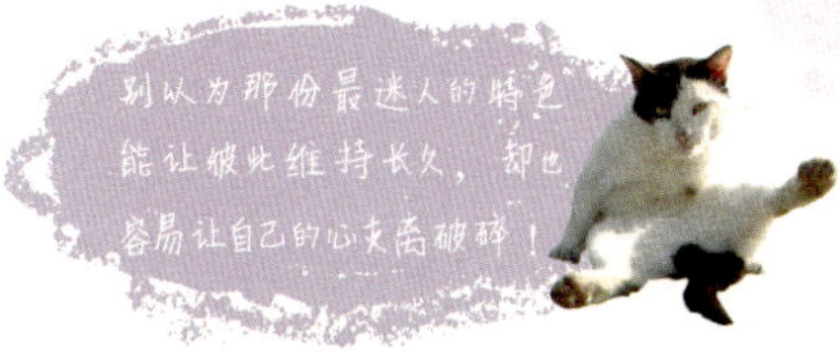

脱离了，什么都不是

和猫相处时，我一直在找寻另一种关系，是那种不因食物的需求才依赖我，而是它们主动想要爱我的关系。唉，人就是这么贪心，明明早就被爱了，却还要试探对方。

到底爱是什么？而不爱又是什么？于是，我尽可能地投其所好，不随便因为它们的放肆而动怒，学着对它们猫言猫语，还用那鸡皮疙瘩瞬间升起的娃娃音说话，做牛做马的行径绝对胜过对父母的孝顺……

可是，我们之间的关系并没有因为我的改变而改变。重要的是，脱离了喂养，或许我什么都不是，我们之间最迷人的关系一还只是那碗香喷喷的“食物”罢了。

或许与人相处也是如此吧，如果脱离了那份最致命的牵绊，我们就不再有关系了。有了这迷人的关系，我们就可以像是十指紧紧相扣的伙伴或恋人，一旦脱离，就只是路过的陌生人，什么都不是了。

理性与感性

说到“理性”与“感性”，我和老公就是最典型的代表。有一次，“感性”的我买了自认为非常可爱的猫咪垃圾桶回家，总觉得打开包裹时，身旁的赞叹声肯定是不会间断的。结果，一下听到某人说出“丑死了、丑死了”的批评声。

顿时，我觉得自己就是那个垃圾桶，感受到不被喜爱的残酷现实。对于“理性”的老公来说，家中的垃圾桶已经很多了，买一个只是昂贵、可爱又无质感的东西回家，在他眼里根本是多余的废物。

我老公学的是“科学”，讲究精准的数据及合理的逻辑；而我学的是“音乐”，讲究音律带来的感动及乐声的和谐。不过也因为具有完全互补的个性，才能在一起生活这么多年。对于生命的本质和坚强，从他的身上我也学到了很多。

猫是理性多于感性的动物，它们不会轻易地爱上你，它们擅长冷静地观察多于亲热地问候，它们会判读目前的情势，绝不会轻易出手。或许，拥有这样的理性更好，才能保护自己多一点，才有机会吸引到感性的人来爱它们。

如果没有好好地把握住每段时间，
很多精彩的画面就会错过；
如果没有把握当下的每个瞬间，
就会让许多生命消逝。

妈妈，请多爱自己一些

根据动物科学家的研究表明，猫的一天至少有15个小时在睡觉。我的女儿最羡慕的就是猫不用上学可以一直睡觉，小孩子的愿望总是如此简单。那么，猫咪其他时间都在做什么呢？当然是在舔毛咯！它们爱好干净而且有洁癖，用舌头从屁股舔到头，最后再来跟主人舌吻一番。充分展现了舌头的妙用，从清洁到示爱，全部包括了。舔完了，也花了不少时间，难怪它需要更多的时间补眠。

我身旁有很多妈妈是家庭主妇，从小到大把孩子们照顾得无微不至，凡是喂奶、带便当、聊心事、陪考试、找工作、评选另一半等，妈妈一定会亲自参与。而韩剧、8点档总是妈妈的最爱，因为剧里的男主角永远都要比自己身边的男人更浪漫。不过，我却发现现实中的妈妈与电视剧里的妈妈有个很不同的地方，就是现实中的妈妈很爱打扫，整天拖地、扫地、洗衣、洗碗，让家一尘不染，于是让自己一直陷入忙碌中，因而无法像电视剧里的妈妈那么光鲜亮丽。

亲爱的妈妈们，请适度地休息吧！总是想到家人的你，请偶尔对自己好一些吧。有时候，就算家里乱一点儿、灰尘多一些，家里的小孩、老公也不会因此而不爱你，不要陷在“总要家里干干净净”的紧张情绪中，如此战战兢兢地生活，反而会让大家的生活如在战场上一样，偶尔放松将能让彼此的关系更加亲密。不妨试着像猫一样，爱自己多一些。它们爱干净、有洁癖的程度不亚于你，但是，它们懂得让自己休息。请让自己好好休息吧！

一瞬间

在那一瞬间，它们终于发现，没有人能抗拒这温柔的触摸。

征服的欲望像匹野兽，狠狠地撕下你孤傲的外衣。

它们交换了誓言，那是不用一辈子相守的约定。

在你我还相爱的时候，珍惜彼此的温柔。

哪怕秋风再起，扫落一地的落叶，最美的画面都印记在眼前。

在那一瞬间，人们终于发现，沉浸在不变的誓言中是最沉重的包袱。

逃避不及的红男绿女们，喘不过气或喃喃自语。

若有来生，游戏人间，却珍惜每个瞬间。

你在哭吗?

其实，在别人眼里的自己，不是最真实的你。

因为他们总是用自己的经历，来诠释你目前的心境。

你哭了吗?

哦，不。

我只是感冒流了眼泪。

需要我陪你吗?

哦，不。

你走开，我快打喷嚏了。

所以，这是我自作多情吗?

你忧郁了吗?

忧郁症是现代人的文明病，但不是只有人类才有，连动物也会有，猫也会有的！那么，猫的忧郁症会出现哪些症状呢？它们会过度地舔毛，而造成身体局部大片掉毛，或是精神不济、食欲不佳。

这时候，就应该带着它们去找医生确认病因，并且接受药物治疗。最重要的是，要找到问题的根源是什么。家猫的忧郁症来自于家里成员的变动、环境的改变，造成它们心理上的不安。所以药物与陪伴是最好的治疗方式。

那么，街猫会不会有忧郁症呢？凭我跟它们多年相处的经验，可能它们会这么说："每天求生活温饱、占地盘、躲避人类追捕与驱赶都来不及，哪有时间想这么多啊！反正平常也没啥人爱，还是爱自己比较实在。"然后翻了两个白眼，转身又去追水沟中的那只老鼠了。它离去的背影像是在告诉你，被追的这只老鼠比较容易有忧郁症吧！

为了杜绝忧郁症来袭，不妨找到一个可以舒压的方式，不论是跑步、做SPA，还是定时与朋友出游，总之，要找到生活中的乐趣，让自己不再忧郁。

曾经在小时候

每个人都有属于自己的特殊音域及声线，人们常会用声音来表达自己不同的情绪，动物也是。

猫妈妈在呼喊刚学会走路的小猫时，喉咙底部发出的声音会在尾音处稍微拉起颤抖声。很奇妙的是小猫似乎知道是妈妈在呼喊它，便会竖起尾巴一路小跑地速速奔去。这时，妈妈会咬住它们的脖子，小猫们会顺势缩起后腿，像是蜷曲的虾般，非常温驯、非常熟练地被猫妈妈叼回窝里。

又过了一个月，满两个月的小猫就像刚上幼儿园的新生，对周遭许多事物都感到非常新鲜，甚至像是脱离轨道的跑车般不受控制。虽然猫妈妈在远方努力地呼喊，声音也愈来愈低沉、急促，却还是得不到小猫的回应。

猫妈妈生气了，自己去把小猫叼回，小猫开始不断地挣扎，扭动着身体，甚至会踢妈妈

的鼻子，奋力地想要挣脱。看着这长大后全然不受控制的灵魂，彻底地让猫妈妈学会了放手。

其实，看到这个场景让我想起现实中的你和我，小时候的我们总是喜欢黏着妈妈，紧紧地牵着妈妈的手，寸步不想离开她。但长大了，那曾经有过的不安全感反而会回到妈妈身上，我们厌倦唠叨，厌倦叮咛，想要挣脱这样被爱绑架的束缚。也就是有这样的轮回，我们才有说不完的曾经。

爱人要挑时，爱对时刻，爱对人；被爱要及时，珍惜当下，享受爱。

温柔的心

虽然猫独善其身，但一旦它当上了妈妈，可是世上最厉害的母亲。不论是运用特殊声音能召唤在外游玩的小猫、亲自舔小猫的生殖器以刺激它排便，还是透过它吃食来判读小猫的身体状况。时时刻刻都将小猫带在身边，陪它们游戏、带它们狩猎。

或许正因为角色转换成妈妈了，生了小猫之后便更为强悍了。

而我自己也是当了妈妈之后，感觉心变得柔软却也更坚强了。有了孩子，自然就学会了如何保护他们，也学会了积极面对生命的考验。虽然很多事情无法掌控、很多期待无法按照自己想要的方向去发展。而所谓的母爱，就是要我们学

会更多的包容和体谅，不是吗？

在你的身边，不论是妈妈、妻子、女儿，一定都有这样温柔坚毅的特质，不要忘了谢谢她们，或许这世界无法轻易地被改变，但也要用温柔的心美化这不完美的世界。

妈妈的魄力

现在的学校提倡爱的教育，以关爱取代打骂，用理性沟通取代情绪地责备。若妈妈本身是脾气不好的人，这种教养方式会略显辛苦。不妨观察一下猫是如何教育它们的孩子的，它们不打、不骂，反而是用一种魄力，让孩子乖乖地听话。

记得有一次，我在拍摄一群小猫玩耍的画面，它们有两三个月大，而这五六只小猫分别来自不同的猫妈妈，却像是亲兄弟一样，玩得天翻地覆。不仅横冲直撞，还爬树跳跃呢！每一只小猫仿佛身上都装有弹簧，就如金顶电池似的，蹦蹦跳跳完全不停歇。这时，有只虎斑母猫不断地发出“咪呜”声，一时之间，我还不懂为什么会叫出这样的声音，而且非常独特。只见这只母猫慢慢地靠近那群弹簧小猫，突然之间，就张口咬住一只小猫的脖子走进了屋里，尽管小猫一直在挣扎，还不断地用前脚踢啊晃啊，但母猫就是昂首跨步地往前走，完全不予以理会。没过多久，这只小猫又冲出屋外跟同伴们玩耍起来。而母猫再度先以“咪呜，咪呜”声呼唤，然后走进那一群同伴里帅气地叼住小猫再次回到屋里，就这样连续了三次，最后是小猫累了，母猫靠着无比的耐力，终结了这场闹剧。

猫妈妈没有多说什么，也不像人类有体罚的招数，而是有魄力地陪小猫磨时间，展现妈妈该有的风范，让小猫乖乖地折服。因此，树立妈妈的威信，就是展现耐力不输人的魄力。遇到孩子做错事也会不厌其烦地提醒，当孩子做对时更不吝啬地给予鼓励，孩子自然也会理解妈妈的心意。

自由的进化

刚开始养猫，大概是在 20 年前吧，当时计算机并不普及，网络更别提了。总之，就是靠报纸或手拨电话进行联系的年代。那时养狗的人居多，养猫的人算是异类，或许是台湾传统习俗使然，还有可能被冠上“怪咖”的名号呢。想买袋猫饲料、看个医生都必须跑好几家店。

第一次接触到猫，是求学时期在宠物店打工的时候。店内进口的猫咪是为了繁殖贩售的，而我的工作就是照顾这些猫咪。老板为了它们花了十万元请专人打造了一间猫屋，整间都是用原木订制而成的，有楼梯、有隐藏式猫砂屋，还有小阁楼呢！而另一面，则是用玻璃打造的以方便客人可直接观赏。我们都以这座猫屋为荣，并认为这就是猫咪生活的天堂样板。

婚后接手了老板给的几只繁殖不成功的猫咪，因为第一次在家养猫，在网上购买了非常漂亮的日本进口猫笼，昂贵的售价及梦幻的造型，让我以为这就是给猫咪最好的生活环境了。与猫咪相伴期间，我自己会从网络上找寻许多养猫的常识，而同样为爱猫的友人也会跟我分享养猫的经验及故事。

后来我才发现，自以为的好心可能让这些猫反而不自由了，于是试着不让猫咪住在笼子里，还准备了插上电源就能让水流动的饮水机。正因为观念的改变，也让猫过得更幸福、更健康了。原来自由也是需要时间的。

其实，很多人并不知道如何去爱，或是如何以对的方式去照顾身边的亲人及宠物，然而，爱是需要时间去学习、去模仿的。这时，我突然感念科技的进步，让我们减少了很多对无知进行摸索的时间。

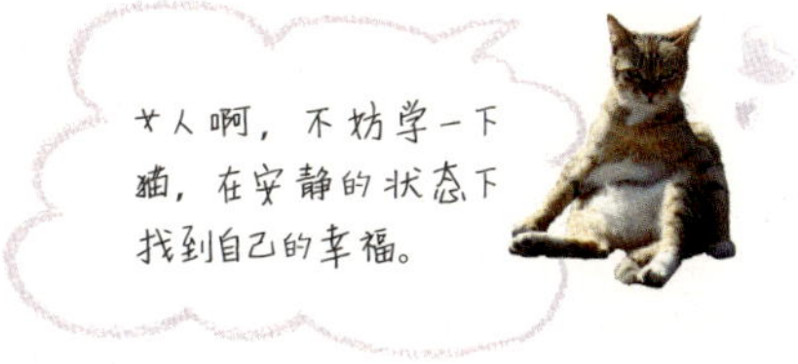

女人的人生课题

距离的美感、沉默的力量，是女人该懂的人生课题吗？占有是爱情的附属品，好像爱一个人就应该寸步不离、极致呵护，才能让对方感受到你的情，才能守住一个人的心。不过，距离往往是爱情的杀手，距离过远，会逐渐习惯没有另一半的生活，心也会越来越远；距离过近，靠得太紧而没有空间，只会看见彼此更多的缺点，杂念、抱怨、叹息，所有不悦的声音在耳边盘旋，誓言必定会变成最后的梦魇。

因此，我深深地觉得沉默是艺术，要把所有的愤怒、抱怨转成无声的抗议，需要高深的修炼。每当我看着这些猫，就觉得它们天生应该就是个爱情哲学家。爱你、不爱你，依然保持优雅的状态；不失控、不缠绵，和你保持适当的距离，让你有足够的空间好好地欣赏它的美。那沉默不语的姿态，只会让人对它又爱又怜。

妈妈跟你说说，
男人的尾巴以后才会
露出来！

小插曲—我的好朋友

在这里，我想要好好地介绍我的好朋友——江江，很少分享照片的我，却只想分享她的作品。看着这张照片，让我想起了与她相遇的故事。

江江在服务业担任出纳工作十几年了，自从去了一趟猴硐，也加入了志工的行列，在那里结识了一群爱猫、爱摄影的朋友，于是开始用相机为猫做纪录并写日记。也因为她是上班族，闲暇的时间并不多，每到假日或休假时，常常不知道该去哪里玩。现在只要一有空儿，我们就会相约到户外去拍猫、看猫、帮助猫，除了为街猫尽一点儿力之外，还能因接触大自然而放松心情。她上过几堂摄影课，但总认为自己拍的照片不够好。

有一次，我和她到东北角去拍照，开心地拍了一整天。在回家的途中，我问她："你知道拍照最重要的是什么吗？"她想了想说："热诚。"我点了点头，又问："那要怎样可以拍到好照片？"她想了想没有回答，我继续说，"是勤劳。如果不常常带着相机往外跑，而只是待在家里，再美的景色、再可爱的画面，也是无法拍到的。"我自认为自己是勤能补拙型的人，坚信照片的美感是需要透过不断地拍摄才能磨炼出来的。

还有一次，我们临时相约到山上去看猫。我拿着相机拼命地拍，江江则用手机拍，只因为她忘记带相机出门了。我赶紧将车上的另一台相机借给她，虽然她推说怕用不习惯、拍不好，但我还是坚持说："就先拍吧，别错过任何机会。"于是，她拍下了这张经典之作。

一起拍猫，增进摄
影功力。来捕捉
我的轻巧身影吧。

我们是好朋友

我们喜爱走在高处，地上太脏了，不想弄脏我们的脚。

我们喜欢肩并肩地走。

哼！没关系，我从你胯下钻过……

还不让我？看我咬你耳朵！

“咦？有目标？”遇到有趣的事情会一同观察。

互相撒娇是必需的。

“来，坐在我后面的人，抓个背吧！”偶尔服务朋友是道德的。

Chapter 4
猫，带领你看“人生”

有量才有福

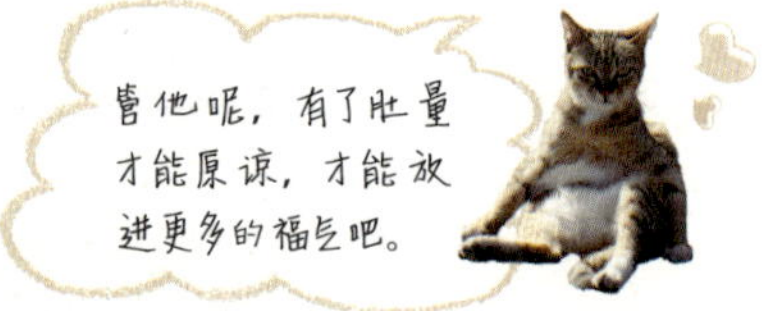

若心中有“放不下、看不开”的执念，只会将人生逼入死胡同。看着前阵子风风雨雨的网络言论，不由得使人心烦气躁，若不懂得看开或顿悟，仿佛人生的色彩只会剩下一片黑了吧。

我一如既往地载着饲料拿给资源回收的阿伯，他一瘸一拐地从家里走了出来，穿过堆满杂物的前院，屋顶上及回收物堆中还可以看到有许多猫咪躲在里头看着我。阿伯不断地道谢，而我简单地与他寒暄后便道了别。离去时，阿伯突然对我说起了话，一时间听不太清楚，便回头想要听得仔细些……

阿伯住在猴硐附近的社区，能认识他是因为猫咯。六年前得知他收养了很多流浪猫，常推着车到两公里外的火车站捡拾资源回收物或剩菜、剩饭，而收集到的剩菜、剩饭是要给自家流浪猫吃的。他家的猫很怕生，我只能远远地通过长镜头拍摄才行。之后，我

便定期提供饲料给阿伯，剩菜、剩饭对猫的身体总是不太好的。有一次，阿伯跟我说他家的小猫生病了，请我带猫去看医生，结果阿伯居然用捕鼠笼来装小猫，因为找不到笼子可以关小猫，不知情的人可能会以为阿伯虐猫吧，这个说不出的幽默画面至今仍深深地烙印在我的脑海中。

我虽与阿伯认识多年，但与阿伯说话的机会并不多，而我也终于能听懂阿伯在跟我说什么了。他说：“有人的地方就有是非，请不要难过；有量才有福、有量才有福……”我也不自觉地默念：“有量才有福”。

我感到很意外，阿伯竟然知道网络上的风风雨雨。这句话在我开车回家时，不断地盘旋在我的脑海里，是有“量”才有福？还是有“谅”才有福？

像猫一样随心所欲

猫抓鸟儿、追逐蝴蝶。

看着它，随心所欲、恣意飞奔。

开心地享受这过程。

它一直知道，这些不是它想要的食物，没有期待，却专注目标。

是否因为……

放下所有的期待，心才会自由；

静下心来沉思，心才能明辨是非。

人在江湖，猫带来的幸福

这是一个网络当道的年代，只要通过计算机、手机，在各式平台，如 Facebook、PTT 等，便可以与各种声音联结，透过知识的串联，也能了解自己的不足之处。在虚拟的世界里，最常使用文字来表达自己的想法；只不过，每个人的文字表达能力不尽相同，且每个人阅读的背景也不同，有时难免会发生“我发的帖子不是这个意思”的惨状，而招致无辜的祸端；甚至还会发生有人故意使用挑衅的文字逼你上钩的情形。或许是隔了一层荧幕、只听到键盘“咔哒，咔哒”声，无法听见别人的真正声音。于是，我们渐渐地麻木了，在这广大的虚拟世界中飘浮着，慢慢失去为人设身处地着想的能力。用键盘说话，不用直视别人的双眼；分享趣事时，也听不到对方的笑声。

或许你也有过这样的经验，在网络世界里，突然从至亲好友变成点头之交，所有回文被删除，看不见对方，却也找不到头绪……在这虚拟的架构中，彼此的互动变得好复杂，该怎么解决只能默默地承受，也许那是不用说出的潜规则？

在猫的世界里，如果彼此看着不爽，就直接“单挑”比力气、比勇气。你会看到两只公猫相互叫嚣，拱背、耸肩、耳朵竖立，并发出尖锐的“呜、呜、呜”声，从外观到声音，气势绝对不会输给人。当两方对峙尚未分出胜负时，两旁早就站满了围观的猫，原来看好戏并不只是人类的专长。

好战，是雄性动物的特性，除了争地盘、求偶，当然还有令人想不到的芝麻绿豆大的小事。例如，看不顺眼，这可是所有打架中最好的理由和借口。但起码猫能在这次战斗中解决纷争，而人呢？网络虽然发达，但人与人之间的情感，还是需要碰个面，坦诚地说出自己的想法。不开心的事，直接对对方说；开心的事，也直接对对方说，这样不是很好吗？

有人的地方就有江湖，有猫的地方就是幸福。

坚持一件事，是为了不让自己后悔

回想五六年前，我曾写信到多家出版社希望能出版猫咪的写真书，但信件犹如石沉大海，一直没有得到回应。或许，出版社对于纯粹只有猫的写真书没有兴趣吧，毕竟市场是残酷的，大家都不想做赔钱的生意啊。于是我凭着对猫的热情，去找了喜欢它的美编，规划出想要的设计风格，自己制作了一本关于猫的写真书。

我一直希望能够通过实体书与很多人分享自己在台湾各地拍猫的故事，以及可爱的台湾猫的影像。不仅是圆心中的梦，更是想把爱猫的心传达给每个人，就这样出版了我人生中的第一本书《猫像掠影》，这本书中的猫，有的还在台湾各地努力地活着，有的不幸成为小天使，还有的猫家族已经有了第二代、第三代！

现在的我依然拿着相机在大街小巷中穿梭，虽然很多场景、猫主角都物换星移了。不过能让更多人发现猫的可爱，说明我当时的坚持是值得的。对于梦想和热情，你坚持了多久呢？是不是也曾因为害怕失败而放弃？我总是告诉自己："坚持梦想不为了任何人，而是为了不让自己后悔。"

不期而遇的明天

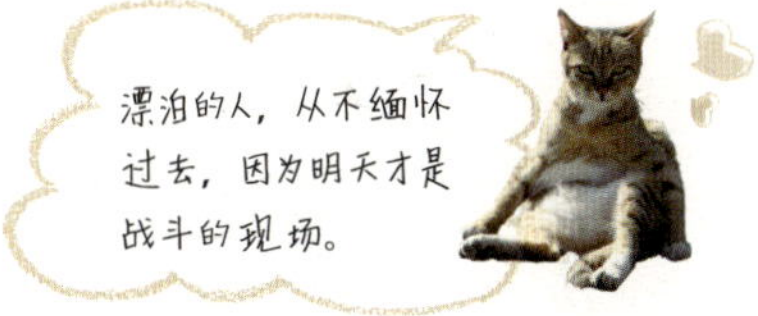

我总喜欢往有猫的地方走去，找寻那轻巧的足迹，车内载满了饲料还有内心满溢的期待。运气也有不好的时候，扑了空；但也有福星高照的时候，在街头转角的不期而遇。于是拿起相机，拍下和它们擦身而过的身影。

在那一瞬间我终于明白自己为何喜欢来看猫，看着它们，一转身的潇洒、吐不出的惆怅、忍不住的忧伤，在我们的身上似乎也曾出现过。没有人是天生的赢家，人生也会有风风雨雨的变化，总是要事过境迁了，才会终于明白，一切的是是非非没什么大不了的。总不能一直活在忧伤的回忆里，不妨像猫一样，只为明天而活下去。

掌握自己的人生

故事要说得精彩，总离不开失败和幸福；

人生要活得自在，总离不开放手与珍惜。

小时候的梦想总在前方，一个球，一杯汽水，

很多话聊不完。

长大后的梦想总在远方，一台车子，一间房子，

很多期待想做也做不完。

我们忘了当初那颗容易满足的心，

放不下长大后那双倔强的翅膀，

该怎么飞，好像别人说了才算。

有人说他下辈子，想要当猫，

当个被宠爱的猫。

但也有人对猫说，下辈子要来投胎当人，

好好去追求自己的幸福。

我觉得，做人做猫都好难，

若无法主宰自己的未来，

那么，就只能永远在痛苦中轮回。

重来

很多的人生经历是无法重来的。小学毕业典礼上是哪个好朋友坐在你身旁，陪你擦着眼泪一起唱《骊歌》？大学四年，有谁帮你保守秘密，陪着你一起赴约见那个样子拙笨的男友？当你被送入产房准备迎接宝宝出生的那一刻，是谁陪在你身旁记录这个画面？这些无法重来的回忆，为了不想留下遗憾，我们要更珍惜每一次参与的机会。即使可以重来，但也找不回最初且最美的故事。

我曾经遇见几只三脚猫，担心它们会不会因为行动不便找不到东西吃而饿坏了。于是找了能暂时照顾它的人，固定喂食、固定看护，以确保它是安全无恙的。日子一久，这些三脚猫变成孟加拉虎，追着元老猫跑，咬得满嘴毛。跑起来速度之快，让你都忘记它少了一只脚的事实。

安静的时候，它会凝望着远方，舔舔毛、抓抓痒。还常能看到它断掉的前肢在皮里摆动着，想要扭动着去捕抓猎物。这是天性、不由自主的。它很坚强，根本看不出对于失去前肢的愤怒，反而是用奔跑来证明自己的存在。即使身体受伤了，自己被遗弃了，我也不希望一切重来。

不要吵不要闹，有事情派代表。

挥手道别

对我而言，最好的旅程就是在陌生的场所发现猫的踪迹，然后尽情地拍下它们不同的面貌，追逐、相互打架、懒洋洋地趴卧等。虽然每段旅程不一定都能与猫相遇，但若因为担心扑空而放弃寻找，那么，就别想捕捉到动人的画面了。

我很喜欢跟猫说话，虽然它们不太会回应；也喜欢和它们坐在一起，好像是同个团体似的；更喜欢在离开时，与它们挥手道别。看着它们可爱的模样，会牵引着我心中脆弱的弦。好想把它们全部带走，带到一个我认为安全、幸福的地方，可惜自己的能力有限，它们也不见得能够适应我为它们所安排的生活环境。因此，我选择每次相遇时都要拍下幸福的画面，并且让它们好好地饱餐一顿。等到了离别的时刻，我会抚摸它们的头，轻唤它们的小名，然后挥手说再见，不留下任何遗憾。

Chapter 5
猫眼
看社会

最好的开始

小学时我住在木造的三合院里，那间房子是用木桩架高的建筑，弯弯曲曲的隔间，落地形的四格拉门，就像是在古装电影中看到的场景。我的阿公是“日据”时代的公务人员，那是被分配的宿舍，充满了日式风格。前院有着与邻居共享的古井，但井里的水早已没人使用了，只剩下青蛙与乌龟相伴。木造的房子里有很多老鼠乱窜，老一辈的人最爱用捕鼠笼。我常看到阿公拎着捕到老鼠的捕鼠笼到前院去，再用热水壶的水直接往老鼠身上浇，小孩子很害怕却又爱看，但那个刺痛我的画面我一辈子都忘不了。

拉开家中的落地窗就可以看到后院的百年老树，树上常常结满了芭乐，又小又黄的，味道很香。但家里养的大狗总是爱在树下大便，我们只能看着树上的芭乐流口水。说到狗，小时候的我反而跟狗的缘分较深。爸爸爱养大狗，总是专门买一大袋的鸡骨、鸡脖子，煮到熟透了给狗儿吃，而我们这些小孩都要帮忙去骨头，有时还会忍不住偷吃一口。兄弟姊妹们也爱到处捡流浪狗回家养，记得有两只小花狗还陪伴着我们从小学到国中呢！它们的名字是安琪与安妮，这可是当时流行的卡通人物名字。甚至，我们还为它们编了一首歌：安琪、安妮，活泼美丽，小小头脑，聪明伶俐……这首歌直到现在我还会唱！对了，还记得有一只大狗是圣伯纳犬，我总是想骑在它背上，等到爸爸不在家时，我便会往狗身上爬。一边抱着它的脖子，一边幻想骑着它到处奔跑。

20 世纪 70 年代，当时很多人观看的电视剧不外乎是《心跳

一百》及《法网恢恢》了，类似现在的“瞳铃眼”系列，内容大致就是命案过程的分析。我们最喜欢相约同学或兄弟姊妹，关灯后拿包可乐果边吃边观赏，是当时最刺激的娱乐活动了。只不过，每次看完电视就没有人敢走过我家的客厅，因为客厅上面有一个小阁楼，不时地会有猫咪躲在那里生小猫，一听猫的声音我们就会尖叫起来。只因阿嬷曾对我们说过，猫很恐怖、猫身上的跳蚤会咬人、当猫经过死人时就会让死人复活……那时的我，超级怕猫！尤其在恐怖的电视剧及阿嬷的传说影响下，猫更莫名其妙地成为我深度恐惧的替死鬼。

经过了二三十年，我发现很多人的想法都变了，开始学会尊重生命、理解科学的论点。例如，抓到老鼠不会再发生那样血淋淋的画面；捡到流浪猫和狗会懂得用节育来解决问题；尽量不用人类的食物来喂食动物；不把狗当成玩具恣意骑在它们身上；猫咪不再恐怖，恐怖的是因为我们不了解它。

现在的教育，不论是学校教的，还是政令倡导的，都纠正了很多错误的观念，通过网络的传递，人们也树立了很多正确的观念。有时候，错误的行为并不是虐待，这是无知所造成的。我们接受了这么长时间的错误信息，如今总算有更多的机会去教育他人了。这是最好的开始，也是希望的延续。

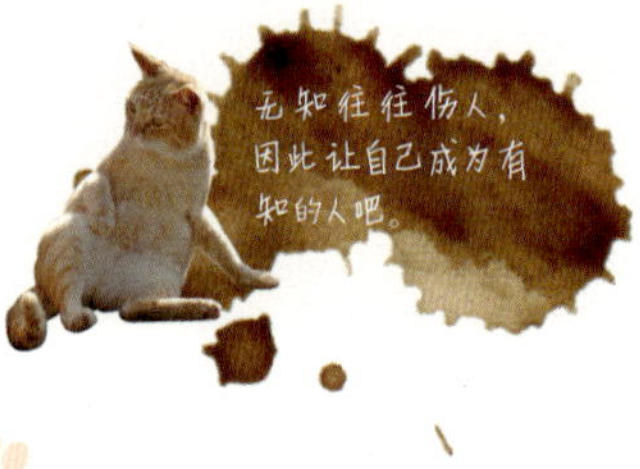

小圈圈

自古以来，在人类社会中，“群居”就是一件自然的事，因为同姓而在一起，因为利益而在一起，理由可大可小。但在这些团体里，仍会再分出几个小圈圈，毕竟十个人中，只会有一两个人的兴趣与自己比较契合，便顺其自然地形成了小圈圈。

回想起学生时代，总会看到有些同学固定地一起去上厕所、一起说八卦、一起血拼、连背后骂人也会在一起。其实，是人类害怕孤单，在一起是为了证明自己不是一个人，没有被这个社会所遗弃。虽然，猫看似像独行侠，但它们也是有自己的小圈圈的，只不过它们不擅长对立，而是相互取暖和彼此依靠的。

若是用猫的角度来看我们人类，它们应该会觉得困惑吧？因为人

类的小圈圈，往往过于用情，好像可以要好到海枯石烂，但只要一件小事情，就会瞬间破裂，曾经有再好的交情也像从没发生过一样。于是便从一个小圈圈，分裂成两个、四个、无数个，就像细胞分裂似的。

是人心善妒所致的吗？看到别人比自己好，就想要斗垮他，但明明之前是一起打拼的伙伴啊。突然想起网络上有这么一句话：“不怕神一样的对手，只怕猪一样的队友。”一起朝着目标迈进的彼此，为何还要分出高低，然后相互扯后腿呢？嫉妒是七原罪的其中一项，因此，教义总是劝人回归于善，可惜人性里的私欲，往往要在感同身受时才能醒悟。

我喜欢拍猫的群体照，各自坐在自己的位置上，神情自若，每只猫都是主角。

喵！ 请不要踩到
我身处圈圈的那
条线啊。

快捷的产物

我喜欢科技带来的便利，可以直接与世界各地爱猫的人连线。想传一张可爱的猫咪照片，只要按一个键，便可直接上传；想要揪人拍猫，上网号召一下就能成行。只是事物总是两方面的，有好的一面，就有坏的一面，如此快速、便捷，是不是缺少了慢慢等待的乐趣呢？

网络上的新闻，有时为了贪图快、点击率高，事情未经查证就先放上去了，结果错字、图文放错皆有。然后，有心的读者就会开始你一言我一语，从搞笑开始，再互相斗嘴、攻讦谩骂。这些言论一篇两篇看过后可一笑了之，若是篇数一多，负面的情绪文字激增，看了真的让人心里感觉很不舒服。文字就像一把隐形的利刃，划破了社会的安宁，也会导致人与人之间无法信任。

或许，我们该适时地保持沉默，不再跟进回应，不该让“酸性”的文字破坏这美丽的岛屿，腐蚀我们的心灵。因为一句话、一篇文章可以快速上传，导致文章更新速度极快，通常这篇还没看完，下一篇就出来了。千万不要忽视网络的力量，只不过要看发文者是抱着何种信念了。

反观猫和猫之间的契合，它们没有快速联结的方式，只能靠生活中的磨合及相处，才能找到适合的伴侣。或许，我们也可以像猫一样，用缓慢的速度，找到能长久在一起的知己，一同为明天而迈进。

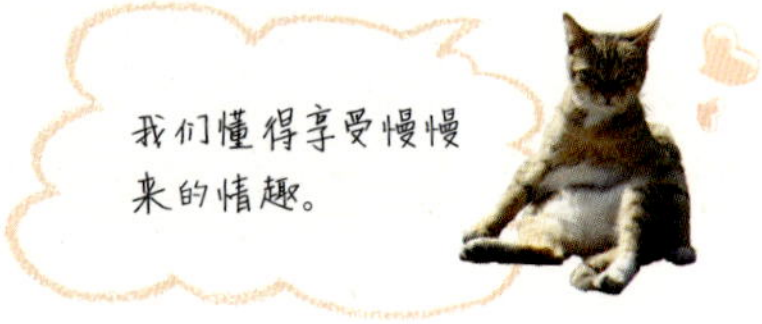

319 个希望

我很喜欢到乡下，甚至到很偏远的地方去寻找猫的踪迹，才发现阿公、阿嬷真的是街猫的好朋友，他们会用自己的方法来照顾猫咪。例如，中午要吃饭了，除了给自己添一碗饭，也帮猫儿添一碗，只不过不是饲料，而是菜饭和鱼。我想：“阿公、阿嬷就是把猫儿当作人一样地看待吧。”其实，猫儿无法像人类一样消化各种食物，那样反而会造成它们身体上的负担，只是，阿公、阿嬷根本不知道。或许我们可以给这些阿公、阿嬷上课，倡导对猫的卫教观念，培育他们成为关怀街猫的第一线志工，这样做不是很棒吗？但还是要寻求当地机关的支持一帮猫节育，以减轻阿公、阿嬷的负担。从此以后，猫便不再翻找垃圾桶造成环境脏乱，老鼠也会因而减少，不是双赢的局面吗？看到政府将大部分的资源投注在都市里，而且也有很多动保团体在努力，不妨从乡镇开始，或许会有不同的契机呢！

魷魚
現烤

战争与斗争

有人的地方就会有斗争。男人总爱拿着武器向人炫耀，新开的跑车比谁的马力强、花的钱比谁更多、手拿的 3C 产品看谁比较有智慧；而女人则是拿唇笔、穿马甲，看谁的身材最娇媚，看谁穿的衣、提的包最流行。相信你一定见过这样的人，只是有时是高调宣扬，有时则是低调较劲。当他们逐渐逼近自己时，自己很快只能举白旗投降，成为对方的又一个手下败将。

猫也是这样吗？若观察它们的群体生活会发现非常有趣，平常它们是不会有小团体的，公的、母的、小的、老的都生活在一起，一旦大难临头便各自奔跑。而且我们眼中觉得最帅的猫往往不是猫界中最受欢迎的那只，因为我们总是陷入对其外表的迷茫中，但它们则是靠实力，也就是繁殖后代的实力。因此，当公猫被拿掉蛋蛋后放回原来的生活圈，可想而知它是抬不起头的，也没了社会地位呀！

在猫的群体中，爱打架的永远都是那几只，它们喜欢拱起背，让自己看起来更高大；它们喜欢鬼吼鬼叫的，让自己的声势可以压倒对方，它们完全是靠体力来论输赢的。但打完架后，还是得回到现实中，该吃的饭还是要想办法吃，没有人会可怜你而帮你撑起明天的太阳。它们打架是为了繁衍下一代，但我们争吵通常只为了一口气，是否能向猫多多学习呢？

在心的底层发掘爱、散播爱

人是需要情感寄托的对象，对人也好，对其他事物也罢，只要被稍稍肯定了，心就会感到安定踏实。

但有时找到了对象，却不见得可以摆脱孤独。有人不断地找寻恋情，自己的心虽早已被不适合的人伤得千疮百孔了，但还是无畏地找寻；有的人养了猫和狗，因此放弃了正常的社交活动，甚至远离亲情，好像把所有的情感都放在了宠物身上。其实，那是因为我们无法正视内心的孤独。

为了填补孤独所带来的空虚，于是一直将心寄托在别人身上，不妨试着将心放在自己身上吧。相信自己的心无比强大，因为心里有你尚未发现的爱，人是因爱而生，也可以让自己与孤独共处。心可以有所寄托，不论是人或宠物，只要适度就好。请努力找寻心中的爱吧，有了爱的超能力，才能把爱延伸下去。

假象

有的人，化了妆变了样；有的人，喝了酒变了样；有的人，谈到政治变了样。

假象，让世界感觉变美好了；真相，让世界突然没了希望。

做喜欢的事，
看似寂寞却很快乐

猫咪一看到感兴趣的东西，就会奋力地向前追逐。

明知道光点移动超快、蝴蝶飞得好高、鸟儿飞得很远，

但它们还是不愿意放弃每个机会，是为了游戏，还是为了填饱下一餐？

看到猫儿那股傻劲儿，就算是它失败了，还是会忍不住给它掌声。

做喜欢的事，看似寂寞却很快乐。

不需要过多地指引，也不需要旁人的解惑，

一点儿鼓励或加油，都是最有力的支持。

天然的，尚好

环保、天然是目前大家很重视的议题，过度包装除了浪费资源之外，多少也掺杂了些许滥情的气氛。事实上，真实情感的流露恰当就好，商品适度地设计包装就好，外表得体的穿着修饰就好。不妨试着留意路边的街猫，它们身上常显现出不修边幅的豪迈美感，如脸上的伤疤，满脸的鼻屎、眼屎，脚上的污泥，脱了毛的尾巴。不管我怎么看，都一点儿也不会令人感到生厌，甚至觉得这样的沧桑感才是代表猫的粗犷之美。

回头看着家里的花花大小姐，鼻子上的鼻屎我又忍不住会帮它抠掉，难道它的骄气是我造成的吗？自己不禁深深地怀疑着……

爱困特辑——嘘！别吵我

天气好，地面好温暖，躺一下。

吼！

好舒服，顺便磨个背。

嗯，换个姿势。

老子想休息，这条马路我家开的！

啧，让你看到
我打哈欠了。

呼噜，呼噜，别吵我。

睡得
最舒适奖

有睡，有庇护，
来！来！来一
场日光浴！

你怎么睡那
么爽啊！

今日我最萌

嘘！别吵我。

明亮的眼眸
闪闪动人

唷？ 你在
拍我吗！

Chapter 6 关于猴硐二三事

猴硐

早年是台湾煤矿产业第一大城，现在则是猫儿群聚的场所。

它们在这里追逐、玩闹、饱食、打盹儿，还有静静地观察你。

对于猴硐，我想说的是……

时间让人成长，却也容易使人遗忘。当初的热诚和使命多少会随着现实环境而有所变化，我仍非常感谢曾经参与的每位朋友。不论你们身在何处，希望都能感受到我万分的谢意，但也请给予这个小镇多一些祝福。

猴硐真的很美，除了自然的美景之外，还有一群可爱的猫咪，以及一群心地善良的人们。他们在这里努力打拼，只想要为这个小镇带来更多的希望，最想要的就是让这些猫群延年益寿。我们的梦很贪心，就是希望所有的事都很好，所幸的是这让我们更加踏

实，能够胼手胝足地打造出小镇的美好。如果你对猴硐怀抱着爱，请一直爱着它吧！我们的双手非常万能，除了可以紧紧地守护这个小镇，还能透过手中的温暖让每只猫咪得到最好的照顾。

B78866

LEGRIA HFM52

最美丽的风景

什么是最美丽的风景呢？

五月除了母亲节之外，也是身边好多朋友的生日月份。因此，选在猴硐为大家庆生，我还准备了小蛋糕，邀请志工与居民一同庆祝。总是会回过头来想想这么多年来的小故事、大故事，因为有着大家的陪伴，一路走来我并不感到孤单。

每每到猴硐拍猫，就像是第一次拍猫的游客那样努力地发现新画面。现在，看着大家的笑颜，这是我心中最美丽的风景。以前的我总觉得一群猫与大自然的组合才是美景，现在的我却发现人与猫之间的互动也是绝美的画面。经过大家的努力，让很多人改变了既有的观念，也看到更多人来疼爱它们，温馨的互动会在心里感动我许久。在切蛋糕之前，我们对着蜡烛许愿，所有的人都能对猫给予更宽容的心，许它们一个安全生存的环境。人与猫和平共处、互助互利。不管你在猴硐的任何地方看到怎样的景色，只要存有一颗感恩、惜福的心，我想："任何地方都会有最美的风景。"

加油

不知道你有没有过这样的体验？一个从未谋面的陌生网友，在夜间，在清晨，在你最无助、最低潮的时候，写了一封信、发了一个短信息、说了一句温暖的祝福，眼泪就这样不自觉地被牵引出来。

有段时间，我常收到一些带有攻击性的文字，每个恶意、诬蔑的字眼就像刀子一样锐利，伤人却不见血。相反我也收到了许多加油、鼓励的话语。

有天晚上，我收到这样的一条信息——用初来的心，走永远的路。

我很敬佩你当初的勇气，让一个步入黄昏的小镇变成生机勃勃的猫村。我也常举办一些活动，知道这其中的困难及辛苦。常常碰到一些意想不到的事情，真是让人哭笑不得。我的朋友都笑我傻：“为什么这么辛苦，还让一些不付出、打嘴仗的人刁难你？”我告诉我的朋友：“我是为了支持、鼓励我的人办活动，不会因为对我有负面影响的人而放弃曾经支持我、鼓励我的人。”每当我犹豫时，就会想起我导师讲的一句话：用初来的心，走永远的路。希望我的鼓励能让你感到温暖。当天我可是参加了怀旧铁路路跑21公里组，假若碰到你，会对你说一声“加油”。

看完后，我哭了，只因为这一声“加油”。或许，在人生道路上，本来就不会有被了解的时候。因此，别在挫折处与有负面影响的人产生纠葛。但是初来的心只有自己最清楚，我很期待在那天能听到这一声“加油”。

图书在版编目（CIP）数据

在路上遇见你 / 猫夫人著. — 北京：测绘出版社，
2015.9
ISBN 978-7-5030-3748-1

Ⅰ. ①在… Ⅱ. ①猫… Ⅲ. ①随笔－作品集－中国－
当代 Ⅳ. ① I267.1

中国版本图书馆 CIP 数据核字（2015）第 147154 号

图字：01-2015-8782

责任编辑：赵　强
特约监制：刘杰辉
产品经理：银　子
特约编辑：张　梦
营销支持：花　卷
装帧设计：所以設計館

出版发行	测绘出版社	电　　话	010-83060872（发行部）
地　　址	北京市西城区三里河路 50 号		010-68531609（门市部）
邮政编码	100045		010-68531160（编辑部）
电子信箱	smp@sinomaps.com	网　　址	www.chinasmp.com
印　　刷	北京市雅迪彩色印刷有限公司	经　　销	各地新华书店
成品规格	170mm × 188mm	印　　张	8
字　　数	75 千字	版　　次	2015 年 9 月第 1 版
印　　次	2015 年 9 月第 1 次印刷	定　　价	39.80 元

书　号 ISBN 978-7-5030-3748-1
本书如有印装质量问题，请与我社门市部联系调换。